# CHRISTOPHE COLOMB,

## A SON FILS

## DOM DIÉGO.

### HÉROÏDE;

Par M.ʳ L.ˢ COLOMB-MENARD.

A NISMES;

Chez GAUDE FILS, Imprimeur-Libraire, grand'rue

1814.

# AVANT-PROPOS.

S'IL est un événement digne d'être transmis à la postérité, d'être raconté par toutes les nations, chanté par toutes les langues, c'est sans contredit celui de la découverte du nouveau Monde, par Christophe Colomb. Ce hardi navigateur, plus éclairé que ne l'étaient les hommes de son siècle dans les connaissances de l'astronomie et de la navigation, conçut ce grand dessein dont l'exécution devait lui faire découvrir un immense continent; mais, avant d'y parvenir, que d'obstacles il lui fallut vaincre, que de dégoûts il eut à surmonter. Sans se rebuter des jugemens de l'ignorance auxquels il s'était attendu, ni des dédains et de la morgue des grands qu'il savait apprécier, il poursuivit avec constance et fermeté l'accomplissement du grand projet qui maîtrisait son ame.

J'ai pensé qu'un pareil sujet convenait parfaitement à l'héroïde. Les obstacles que ce grand homme éprouva, l'intrépidité et la constance qu'il opposa pour les vaincre, les périls éminens dont il fut sans cesse environné, le service important qu'il rendit non-seulement à Isabelle et à Ferdinand, mais encore au Monde connu, et l'ingratitude qu'il essuya, tout cela m'a fait croire que j'en pourrais former un tableau d'autant plus intéressant que je pourrais le présenter comme étant fait et exposé par le héros lui-même. Colomb est supposé l'écrire pendant sa captivité, à son fils Dom Diégo (a).

On a reproché à ce genre de poésie la monotonie qu'entraîne tout monologue un peu long, ce qui produit souvent la fatigue ou l'ennui. Cependant, il présente une vaste carrière au talent du poète qui, pour attacher ses lecteurs, doit considérer l'héroïde ou l'épître en vers comme étant l'expression naturelle de la sensibilité produite par les événemens qu'il raconte ; il doit développer avec gradation les divers sentimens dont l'ame est affectée. L'héroïde s'emparant des sujets qui sont du ressort de la tragédie, et même de ceux que celle-ci ne peut traiter, doit prendre un style semblable.

Ovide, qui en est l'inventeur, sacrifie trop au faste des ornemens : la douleur, pour paraître vraie, doit être l'élan du cœur et non un effort de l'esprit.

---

(a) Christophe Colomb avait un autre fils, nommé Ferdinand, qui se consacra à l'état ecclésiastique, et qui a écrit la vie de son père.

Ce genre eût parfaitement réussi dans notre langue, si on eût mieux choisi les sujets. La plupart de nos héroïdes ne sont que des déclamations insignifiantes ou de fades complaintes, et presque toujours le sujet en est trop sombre : par exemple, celui de Philomèle à Progne, traité par Dorat, quoique tiré de la fable, est atroce et révoltant. Sans doute l'ame aime à être remuée, mais c'est par une sensibilité douce; et qu'attendre d'un sujet qui n'inspire d'intérêt que par la terreur, qui n'offre pour image que le tableau des crimes qui épouvantent. Le sujet que j'ai choisi présente un champ fécond où peuvent se développer tous les sentimens de grandeur et d'héroïsme. Si je n'en ai pas tiré tout le parti qu'il promet, on ne doit s'en prendre qu'à la faiblesse de mes talens. L'événement que j'ai choisi est un des plus mémorables.

Colomb a conçu et exécuté les plus grandes choses que le génie de l'homme puisse concevoir. Cette héroïde est le tableau intéressant de la découverte de l'Amérique et du voyage à jamais célèbre de son auteur. La passion de l'amour n'y répand point sa magie; l'intérêt naît du sujet même. Je n'ai eu besoin que de suivre fidèlement l'histoire, que de montrer mon héros avec la constance et la fermeté sublime qui le caractérisent, la sensibilité de son ame, le désir brûlant de la gloire et celui d'opérer le bien, qui l'ont constamment dirigé. Le

seul changement que je me suis permis, c'est de
réunir les faits les plus intéressans de ses quatre
voyages, comme s'étant passés dans les deux pre-
miers, afin d'éviter la monotonie qui en serait ré-
sultée. La longueur du récit, qui est le vice de ce
genre de poésie, sert ici au contraire d'aliment à
l'intérêt : l'esprit désire de connaître les résultats
gradués d'un événement qui le remplit d'admiration.
Il s'agit de savoir si je fais parler Colomb avec
cette noble simplicité d'expression, cette force
d'ame qui le distinguait de ses contemporains.
Je n'ai pas cru devoir trop charger mon style
de vains ornemens qui ne font que nuire à l'intérêt
de la narration.

Je dois, pour la gloire de mon héros, le dis-
culper des reproches injustes qu'un écrivain re-
nommé n'a pas craint de lui faire. Ce n'est pas
sans un étonnement mêlé d'indignation, qu'on voit
Marmontel, dans sa préface *des Incas*, accuser
Christophe Colomb d'être l'auteur des excès atroces
et inouïs qui affligèrent si long-temps l'Amérique;
mais cet étonnement cesse quand on sait que
Colomb était alors bien coupable à ses yeux : il
était l'apôtre de la religion, et Marmontel était
philosophe comme l'étaient la plupart de ceux de
la fin du dix-huitième siècle; et pour plaire à la
secte philosophique, mentant à sa conscience, il
s'efforce d'obscurcir la gloire d'un homme qui se

montra toujours religieux, et attribue, peut-être aussi pour dénigrer la religion, la cause principale des horreurs éprouvées par les Indiens, au fanatisme, tandis qu'on ne peut les imputer qu'à la cupidité des hommes sans mœurs, sans frein et capables de se porter à tout pour contenter leurs passions. Colomb, impatient de mettre son projet à exécution, ne pouvant obtenir la flotte qu'il demandait, se contenta des hommes dissolus et diffamés qu'on fit sortir des prisons pour l'aider dans ses pénibles travaux. En cela, il faut admirer son courage qui lui fit surmonter les dangers d'une pareille association. Comment croira-t-on que de pareils hommes, dépourvus de tout principe de religion, fussent susceptibles d'en éprouver le fanatisme, qui n'est produit que par un zèle outré ?

Il ose encore accuser Christophe Colomb d'avoir appris aux Espagnols à faire poursuivre et dévorer les Indiens par des chiens affamés qu'on exerçait à cette chasse. Quelle insigne calomnie ! On sait qu'il ne s'était attiré tant et de si cruels ennemis, que parce qu'il avait toujours fait ses efforts pour défendre les Indiens contre leurs oppresseurs. Mais comment Marmontel concilie-t-il cela avec ce qu'il dit dans une note plus bas ? Il rapporte que Christophe Colomb, écrivant à Ferdinand, lui disait dans une de ses lettres, en parlant des Indiens :

« *Je jure à votre Majesté qu'il n'y a pas au monde*
» *un peuple plus doux* ».

Dans une autre note du même ouvrage, Marmontel dit aussi : « Colomb, à son retour à His-
» paniola, apprenant la mort de ses compagnons,
» la vengea par une perfidie : il tendit un piége au
» Cacique qui avait délivré l'île de ces brigands, le
» fit prendre par trahison et le fit embarquer pour
» l'Espagne ; le navire où il était embarqué et
» cinq autres furent engloutis par une horrible
» tempête avant d'être sortis du port ».

Tout cela est formellement démenti dans l'histoire de l'Amérique, par *Robertson*, t. r.er, p. 178,
où l'on voit, au contraire, que Christophe Colomb
se conduisit, dans cette occasion épineuse, avec
la plus grande prudence. Il démontra aux Espagnols, qui voulaient venger sur le Cacique la mort
de leurs compatriotes, la nécessité de s'assurer de
l'amitié des princes du pays pour l'établissement
de la Colonie, et leur fit sentir le danger qui ré-
sulterait de soulever contre eux toute l'île, en
exerçant une rigueur inutile et déplacée.

Au reste , tous les historiens se plaisent à lui
rendre hommage, en disant qu'il respecta seul les
lois de la justice et de l'honneur. On le vit, jusque
dans l'établissement du fort qu'il voulut avoir à

Saint-Domingue, ne l'entreprendre qu'après en avoir
obtenu le consentement du Cacique Guacanahari;
l'on sait que tant que Colomb gouverna dans l'île,
il n'y fut commis aucun acte de violence, ni de
cruauté.

Quand on considère que, si cet illustre navigateur eût eu avec lui des hommes ayant des
mœurs et des principes d'équité, il eût pu former
les plus brillans établissemens; on ne peut se défendre de partager les regrets qu'il en éprouva.
Tout lui eût réussi : les Indiens, mieux traités,
l'auraient secondé, et la cour, encouragée par des
succès, eût fait les plus grands efforts pour les
étendre; mais cette association d'hommes, naturellement pervers, qui n'avaient que l'audace des
méchans et la paresse qu'entraîne la débauche,
dédaignant la sobriété, la patience et les bonnes
mœurs, qui, bien plus que la force, maintiennent
l'ordre et contribuent à la prospérité, ne tarda pas
à produire les plus funestes effets.

Disons encore un mot sur l'héroïde, qui,
sans être un genre aussi facile qu'on le prétend,
ne présente pas non plus de grandes difficultés.
Les auteurs qui y ont excélé, sont MM. Colardeau,
Blin de Saint-Maure et Dorat. Je suis bien loin
d'avoir la moindre idée de me comparer à eux.
J'ai voulu seulement prouver que ce genre de

poésie dépend principalement du choix du sujet:
on s'en convaincra, en considérant l'effet qu'eût
produit celui que j'ai adopté, s'il eût été traité par
une plume plus éloquente et plus exercée que la
mienne.

# CHRISTOPHE COLOMB,

## A SON FILS

## DOM DIÉGO.

Détenu dans les fers que forgea l'injustice,
O mon fils ! conçois-tu l'horreur de mon supplice?
Accablé par l'envie et foulé par l'orgueil,
Et tout prêt à descendre en mon triste cercueil,
L'on cherche à me ravir l'honneur, ce bien suprême;
L'honneur qui ne voit rien au-dessus de lui-même!
Tandis que je le puis, je viens t'ouvrir mon cœur,
Te faire apprécier l'excès de ma douleur.
En rappelant les faits de ma gloire passée,
Les chagrins prendront moins sur mon ame affaissée;
J'en instruirai le monde, et la postérité
Me jugera du moins d'après la vérité.

Rappelle-toi ce temps où l'Europe étonnée (1)
Voyait des Portugais l'heureuse destinée;
Ce temps, où je conçus le projet étonnant
De joindre à notre Monde un nouveau continent.
Du globe, connaissant la forme et la figure,
Sur les faits reconnus fondant ma conjecture,
Instruit dans l'art savant du fier navigateur,

Je pensais que ce Monde était sous l'équateur.
Si la terre en effet est de forme sphérique,
L'Inde doit donc toucher à la mer Atlantique,
Disais-je, et sa surface arrondie en tout sens
Présenter sous nos pas de nombreux habitans,
Jouissant en commun des dons de la richesse
Que par-tout la nature accorde avec largesse.
Pour arriver à l'Est de ce grand continent,
Il faut donc vers l'Ouest cingler directement.
Ce principe était vrai; cependant l'ignorance
En fit pendant long-temps rejeter l'évidence :
On eût dit que l'envie, essayant ses effets,
Voulait dès sa naissance étouffer mes projets.

Sans secours, sans amis, dans cette circonstance
Je n'avais pour appui que ma persévérance.
Mais, pour exécuter un projet si flatteur,
Je sentis que j'avais besoin d'un protecteur.

Tout fidèle sujet se doit à sa patrie (2);
Être utile à la mienne était ma noble envie :
Gênes, à qui j'offris l'espoir de mes travaux,
Perdit, par son refus, tous les pays nouveaux
Que j'offrais de soumettre à cette république,
Ne voyant dans mes plans qu'un projet chimérique,
Tant le vain préjugé peut devenir fatal!
Quitte envers mon pays, je fus en Portugal,
Et Lisbonne me vit, rempli du même zèle,
Offrir au souverain une gloire immortelle.

A Gênes, l'ignorance éluda mon projet ;
A Lisbonne, elle obtint un triomphe complet :
Le roi même, le roi, loin de m'être propice,
Sans respect pour son rang et mu par l'injustice,
De mes plans précieux cherchant à s'emparer,
Eut l'air de m'applaudir pour me déshonorer.
Ayant de mon dessein pressenti l'avantage,
Il forma le projet de m'en ravir l'usage,
Et commit un pilote inexpérimenté.
Soit défaut de courage ou de capacité,
On le vit ramener sa flotte en diligence,
Décriant mes projets comme une extravagance.
D'un pareil procédé justement indigné,
A les mettre en oubli je m'étais résigné ;
Mais mon ame brûlant du désir d'être utile,
Ne put rester long-temps inactive et tranquille.
L'Angleterre parut vouloir me seconder :
Ce qu'elle me promit elle sut l'éluder.
La France, en qui j'avais fondé quelque espérance,
Opposa des lenteurs à mon impatience.
Dévorant mes ennuis, errant de cour en cour,
Je m'y vis applaudir et tromper tour-à-tour.
C'est là qu'en tout son jour se montre l'artifice ;
C'est là que je me vis jouet d'un vain caprice,
Où je reçus des grands, ignorans ou surpris,
Moins de simples refus que d'outrageans mépris.

A la fin, j'eus recours à la reine Isabelle,
Des monarques parfaits la gloire et le modèle.

Elle accueillit mes plans, voulut les seconder;
Des courtisans jaloux les firent échouer.
L'amour-propre, toujours si fatal aux sciences,
Par de faux argumens trompa mes espérances.

Depuis plus de huit ans, incertain et confus,
Des différentes cours j'éprouvais les refus;
Des préjugés admis, la force opiniâtre
Contre la vérité ne cessait de combattre :
Par-tout je n'éprouvais que contradiction,
L'orgueil du faux savoir et l'obstination.
L'un en vain m'opposait un Océan immense;
Un autre se fondait sur sa propre ignorance;
Et l'on porta si loin l'erreur, l'absurdité,
Qu'on osa m'accuser même d'impiété.
Je brûlais de pouvoir, à toutes ces chimères,
Opposer les effets de mes plans salutaires;
Mais un autre motif, pour moi non moins puissant,
Vainquit tant de dégoûts, soutint mon dévoûment.
Sur cet autre hémisphère, où mon courage aspire,
Je pourrai de la foi faire adopter l'empire,
Me disais-je, et donner à cette région
Les précieux bienfaits de la religion.
Cet espoir consolant vint ranimer mon zèle.
Je tente un autre effort, et l'illustre Isabelle
Daigna, par son crédit, seconder mon dessein.
Mon sort à cet égard ne fut plus incertain :
Mon projet fut admis dans ce jour mémorable
Où l'Espagnol chassa le Maure redoutable.

La reine, se rendant à la conviction,
Ordonna les apprêts de l'expédition
Qui devait lui donner un si vaste hémisphère ;
Et rendre l'Indien sous ses lois tributaire.
Par un don bien flatteur, qui n'avait pas d'égal,
Des vaisseaux accordés me nommant amiral,
J'étais le vice-roi de toutes les contrées
Qu'à mon heureux destin le sort aurait livrées.
Ce titre si brillant, fondé sur un traité,
Devait s'étendre encor à ma postérité ;
Et pour mettre le comble à sa munificence,
Une part des produits forma ma récompense.
Tu sens combien je dus avancer les travaux ;
Enfin, Palos nous vit démarrer nos vaisseaux (3).
Dans mon départ, je vis tout le succès possible,
Et dans mes trois vaisseaux une flotte invincible.
Après avoir offert nos vœux au Tout-Puissant,
Nous fendîmes les flots de l'humide élément.
Nos vaisseaux s'éloignaient de la terre natale
Pour franchir sur les eaux un immense intervalle.
Mais, lorsque loin de nous elle a fui de nos yeux,
La tristesse bientôt succède aux chants joyeux.
Le croira-tu, mon fils, l'équipage timide
Ne voit qu'en frissonnant notre course rapide.
Il craint de ne plus voir le sol qu'il habita,
Le père qu'il chérit, le sein qui l'allaita.
Les regrets sont amers, et bientôt l'épouvante
S'accroît encore plus des craintes qu'elle enfante :
On blâme mon dessein, on maudit mon savoir ;

On menace mes jours. Un affreux désespoir
Offusque leur esprit qui ne veut rien comprendre.
Déjà par la raison j'allais me faire entendre,
Quand, pour comble de maux, un destin trop jaloux
De Neptune étonné suscite le courroux,
Et les vents mutinés, sur la vague écumante ,
Par leurs mugissemens redoublent l'épouvante.
Le gouvernail se rompt, la superstition
S'en fait un noir sujet de désolation.
J'employai, pour calmer cette terreur subite ,
Le tableau des grands biens dus à ma réussite.
Abattus, consternés et déplorant leur sort,
Ils croyaient, me suivant, s'approcher de la mort.
Rien ne pouvait bannir cette funeste idée,
Tant l'effroi comprimait leur ame intimidée.
Il faut te l'avouer, ce découragement
Porta dans mon esprit un noir pressentiment ;
Et dès-lors je prévis ce qu'il fallait attendre
De ceux qui de la peur ne pouvaient se défendre.
Je guidais la manœuvre, et, faisant face aux vents,
J'évitais avec soin les rapides courans :
Le loch officieux, que je tenais sans cesse ,
Du navire agité mesurait la vîtesse ;
La nuit même, la nuit, amante du repos,
Me voyait surveiller jusqu'aux moindres travaux.

Cependant, m'éloignant des bords de l'Ibérie ,
Je cinglais à l'ouest de l'île Canarie.
Mes compagnons tremblans, se croyant égarés ,

Demandaient

Demandaient à grands cris leurs parens désirés
L'aspect de l'Océan paraissant sans limite ,
Imprimait la terreur dans leur ame interdite :
Les lois que la nature assigne à nos climats
N'avaient plus en ce lieu les mêmes résultats.
La crainte avait éteint tout sentiment de gloire ,
Et j'eusse été contraint de céder la victoire ,
Si, par l'espoir flatteur, je n'eusse, en mon discour,
Promis un prompt succès ou leur prochain retour.
Ainsi, de la terreur combattant les atteintes ,
L'espérance calmait leurs déplorables craintes.
Pour la première fois, l'équipage en tremblant
Observe un phénomène aussi vrai qu'étonnant :
Dirigée à l'Ouest, notre aiguille aimantée
Vers l'étoile du Nord n'était plus reportée.
Ne pouvant plus compter sur ce guide incertain,
L'espoir par la terreur fut remplacé soudain.
Cet effet surprenant laisse ignorer sa cause ,
Tant à notre savoir la nature en impose.
L'air était traversé par des poissons volans ;
Et la mer présentait les herbes du printemps.
Mais tout ce qui venait abattre leur constance ,
Je le leur présentais en signe d'espérance.
En vain je m'efforçais de calmer leur douleur ;
Je voyais redoubler leur crainte et leur terreur.
Des murmures on vint à des plaintes amères ;
Mes projets à leurs yeux n'étaient que des chimères :
Je n'étais plus alors qu'un fou, qu'un intrigant,
Digne de succomber à leur ressentiment.

Toi, pour qui ma douleur ne peut être importune ;
Toi, qui sais compâtir à ma triste infortune,
Conçois-tu les dangers de ma position ?
Je feignais d'ignorer leur lâche trahison ;
Et cachant avec soin le trouble de mon ame,
J'interdis à ma bouche et la plainte et le blâme.
Je mis devant leurs yeux l'avenir du bonheur,
Flattant l'ambition, interpellant l'honneur :
« Il n'est point de dangers qu'un grand cœur ne
     » surmonte ;
» Et qui cède à la crainte a mérité la honte.
» Plus le péril est grand, plus la gloire a de prix :
» Bannissez, je leur dis, la peur de vos esprits,
» Et voyez mes travaux couronnés par la gloire,
» Joignant vos noms au mien figurer dans l'histoire.»
Pour éloigner en eux tout motif de forfait,
J'assurai que dans peu la terre paraîtrait :
« Avant que le soleil trois fois éclaire l'onde,
» Vous verrez, j'en suis sûr, paraître un nouveau
     » Monde ;
» Si la réalité n'en confirme l'espoir,
» Je ne veux plus sur vous exercer de pouvoir. »
Ah ! sans doute le ciel touché de ma souffrance
Prépara les moyens de notre délivrance.
Des signes non trompeurs se montrent à nos yeux ;
Le vent devient plus doux, les oiseaux plus nombreux.
Un roseau, balancé par l'onde vacillante,
Vint seconder mes vœux et combler notre attente :
Une faible clarté dans le lointain parut,

Indice d'un asile et de notre salut.
On craint que ce ne soit une vaine apparence ;
Mais l'appréhension fait place à l'espérance,
Comme l'aube du jour ramenant la clarté
Chasse insensiblement la sombre obscurité.
Avec quels vifs transports l'on aperçoit la terre !
Terre ! s'écrie-t-on, ô Dieu ! sois-nous prospère !
Des pleurs délicieux inondent tous les yeux,
L'air ne retentit plus que de nos cris joyeux.
Mes compagnons, alors, admirant mon courage,
D'odieux procédés réparèrent l'outrage :
Un ardent repentir les porte à mes genoux ;
Et tout fut oublié dans un moment si doux !

Cependant nous touchons à l'île verdoyante (a),
Dont l'aspect ravissant surpasse notre attente.
Un soleil sans nuage éclairait ces beaux lieux,
D'un éclat à la fois plus doux, plus lumineux.
A peine avais-je fait débarquer l'équipage,
Que dix mille Indiens bordèrent le rivage ;
Le son de la musique et notre aspect guerrier,
Notre front décoré du casque et du cimier,
Nos mobiles châteaux voguant sur l'onde amère,
Le canon, dont le bruit imitait le tonnerre,
L'éclat de notre teint et sa douce blancheur,
Notre barbe, imprimant le respect, la frayeur,
Nos superbes coursiers, que l'erreur du Sauvage

----

(a) St-Salvador.

Crut ne faire avec nous qu'un unique assemblage;
Tout vint se réunir, dans cet heureux moment,
Pour faire naître en eux l'amour, l'étonnement.
Ils ne pouvaient assez considérer nos armes,
Et l'admiration suspendit leurs alarmes.
Le crédule Indien, sans prévoir l'avenir,
Recevait en amis ceux qui l'allaient trahir.
Son ingénuité, l'attrait de l'innocence,
Exprimaient la douceur, la tendre bienfaisance;
Mais l'Espagnol ne vit qu'un métal trop vanté,
Dont son cœur prit dès-lors toute la dureté.

Je trouvai, me livrant à d'autres découvertes,
Des pays habités et des îles désertes :
Du superbe Haïti je vis enfin les bords
Qui devaient nous livrer de si riches trésors.
Je pris possession de cette île fertile
Au nom de Ferdinand et des rois de Castille.
Je sus plaire au Cacique, il devint mon ami,
Et de tous mes projets fut le plus ferme appui.
Sur ce sol vierge encor, une utile culture
Multiplia bientôt les dons de la nature,
Et l'aidant de nos arts, pour le prix de nos soins,
L'abondance fournit à nos communs besoins.
Dans ce climat heureux, une jeune Sauvage,
Ayant de la beauté les attraits en partage,
Dans sa naïveté me fit don de son cœur.
Je l'aimai, sans blesser les lois de la pudeur.
Son amour me servit à dompter l'insulaire,

A connaître ses plans, à détourner la guerre ;
Une reine puissante offrit de m'engager
Et son trône et sa main qui sut nous protéger :
L'Espagnol, trop ingrat et mu par l'injustice,
Osa la condamner au plus cruel supplice.

Cependant le désir de me rendre à la cour (4)
Me fit tout préparer pour un prochain retour.
Avec moi j'embarquai ce que je crus utile
Pour convaincre combien ce pays est fertile :
Des hommes inconnus et des productions
Dont on n'avait encor aucunes notions.

Mais déjà mes vaisseaux sur la plaine liquide
Avaient fui loin du port par leur course rapide,
Quand le traître Pinson, commandant la Pinta,
Songeant à me trahir, en secret me quitta :
Son cœur intéressé, jaloux de ma victoire,
Voulait me précéder pour m'en ravir la gloire.
Je sentis le danger du coup qu'il me portait,
Et de le prévenir combien il m'importait.
Dirigeant mes vaisseaux vers les ports des Espagnes,
Des Açores déjà je voyais les montagnes ;
Déjà j'avais franchi leurs écueils périlleux,
Mon cœur reconnaissant en rendait grâce aux cieux,
Quand, tout prêt à toucher au but de ma conquête,
Je me vis assailli d'une horrible tempête :
Le sifflement des vents se disputant les airs,
La sinistre clarté des foudroyans éclairs,

L'affreux roulis des eaux, leurs chocs épouvantables,
Tout présentait la mort sous d'aspects effroyables.
Dans ce péril pressant, plein d'intrépidité,
Je songeai moins à moi qu'à la postérité ;
Et, pour lui conserver le fruit de ma victoire,
Dans des tonneaux scellés j'en déposai l'histoire :
J'osai les confier aux flots officieux,
Afin de les offrir aux regards curieux.
Que te dirais-je, enfin, dans ce péril extrême
Je plaignais l'équipage et m'oubliais moi-même.
Nos vaisseaux délabrés, nos vivres submergés,
Augmentèrent l'effroi dans nos cœurs affligés ;
Notre sang s'épuisait par la soif dévorante,
Qui d'instant en instant devenait plus ardente ;
La cruelle famine y joignit son tourment :
Non, je ne vis jamais un plus affreux moment
Que celui qui, portant mes compagnons au crime,
Leur montra l'Indien pour en être victime.
Etouffant dans leur cœur tout cri d'humanité,
Ils voulaient l'immoler à leur voracité.
Je reculai d'horreur, et loin de leur complaire,
Je leur représentai qu'un sort involontaire
Le rendait comme nous victime de la faim ;
Que le plus grand des maux serait d'être inhumain.
Je réclamai si fort les droits de la nature,
Que je fis taire en eux tout sinistre murmure.

C'est dans les grands périls que l'homme dépendant
Reconnaît de son Dieu le secours tout-puissant :

Avec quelle ferveur chacun de nous l'implore !
Mais déjà vers le ciel l'arc d'Iris se colore ,
L'orage se dissipe et bientôt à nos yeux
Se montre la Pinta sur les flots écumeux :
J'ordonnai les signaux afin que le pilote
Vint joindre sans délai ce navire à ma flotte.
Honteux de me revoir , le perfide Pinson
Tâcha de pallier sa lâche trahison :
Je crus qu'il convenait d'employer la clémence ,
Heureux que son secours eût porté l'abondance.
Enfin, du Portugal nous vîmes l'heureux port :
Avec empressement chacun s'élance au bord.
Le roi voulut me voir : malgré ses injustices
Il regretta d'avoir méconnu mes services ,
Admirant des humains qui, sur des vastes mers,
Avaient su découvrir un second Univers.

Depuis notre départ, le soleil loin de l'Ourse (5)
Avait deux cent vingt fois recommencé sa course,
Quand au port de Palos on nous vit revenir.
La joie en ses transports ne put se contenir ;
Par son bruit le canon témoigna l'allégresse.
Chacun de mes projets admire la justesse ,
Les acclamations annoncent mes succès.
Je fus à Barcelonne où j'eus un prompt accès.
Une foule nombreuse escortait mon passage.
Isabelle et le roi reçurent mon hommage
Et les riches présens que je leur apportais.
Les éloges pour moi s'unirent aux bienfaits.

Quels honneurs j'en reçus! ah! le sort qui m'accable
Dans ce moment si doux se montra favorable,
Pour me faire sentir avec plus de douleur
L'atroce iniquité qui cause mon malheur.
Cependant, à leurs yeux étalant ma richesse,
La surprise égala les transports d'allégresse :
Ils ne se lassaient point de voir et d'admirer
Les objets inconnus que je pus leur montrer (a):
L'arbre qui, de son sein, fait jaillir l'étincelle
Et produit la couleur si brillante et si belle,
Le Rocou, qui de l'or nous reproduit l'éclat;
L'utile Cotonnier, au duvet délicat;
L'Ananas, qu'à bon droit l'Indien considère
Comme un fruit savoureux, autant que salutaire ;
Les clous au doux parfum, présent du Giroflier;
L'écorce que produit l'odorant Cannelier;
Le Palmier, dont le fruit est sain et délectable;
Le Coco, si vanté par son suc agréable;
La fève précieuse éveillant notre esprit;
L'excellent Cacao qui maintient l'appétit;
Cette noix, dont l'excès amène la folie,
Mais qui, prise à propos, prolonge notre vie;
Le Roseau, dont le suc diaphane et brillant
Est plus doux que le miel et non moins bienfaisant;
L'antidote certain d'une fièvre cruelle,

---

(a) Je présente ici l'énumération des principaux objets que
nous devons à la découverte de l'Amérique, quoique n'ayant été
connus que quelque temps après.

Le Quina précieux qui calme un pouls rebelle ;
L'oiseau qui de la voix sait imiter les sons ;
Le singe copiant nos moindres actions ;
Des perles, des bijoux, des riches coquillages,
Des métaux présentant les plus grands avantages.
Exaltant mes succès, l'imagination
Créa des fleuves d'or dans cette région.
Brûlant d'en acquérir, de nouveaux Argonautes
Se montrent à l'envi pour équiper des flottes ;
L'enthousiasme ardent enflamme les esprits,
Entraînés par l'appât d'innombrables profits.

Cependant à la cour l'on pressait avec zèle (6)
Tous les préparatifs d'une flotte nouvelle.
Je fus, je l'avoûrai, saisi d'un doux transport
Quand je vis mes vaisseaux s'élancer loin du port.
Si j'allais m'exposer aux dangers des conquêtes,
Je fuyais de la cour les sinistres tempêtes,
Plus terribles cent fois que l'affreux ouragan
Que Borée en courroux suscite à l'Océan.
Ma flotte qui cinglait à l'occident du pôle,
Se retrouvait déjà vers cette île espagnole
Où j'avais éprouvé l'aurore du bonheur.
Quelle fut ma surprise, ou plutôt ma douleur,
Lorsqu'en y débarquant, les traces du ravage
Portèrent dans mon cœur un sinistre présage ;
Le farouche Indien, fuyant épouvanté,
M'apprit par son effroi la triste vérité :
En partant j'avais vu fleurir la Colonie

Que protégeait le fort dont je l'avais munie ;
A mon retour, hélas ! je ne retrouvai plus
Que des débris causant mes regrets superflus.
Mes Colons étaient morts : des tronçons de leurs
    armes
Sur leur sort malheureux m'arrachèrent des larmes.
Violateurs des droits de l'hospitalité ,
Ils firent tout céder à leur cupidité.
Le paisible Indien, en butte à leur licence ,
Se lassa de souffrir l'atroce violence,
Et dans son désespoir massacra sans pitié
Ceux qui purent trahir sa crédule amitié.
Ce revers imprévu, trompant mon espérance ,
De mes vastes projets retarda l'importance.
Le Cacique , innocent de cette cruauté ,
En rejeta l'horreur sur leur iniquité.
En vain mes compagnons l'exigeaient pour victime,
Pouvais-je réparer le malheur par le crime ?
Je ne pus m'y résoudre, et je portai mes soins
A corriger le mal, à prévoir les besoins.
Sous de nouveaux remparts une autre citadelle
Protégea mes soldats et la cité nouvelle ,
Qui de ma protectrice avait reçu le nom,
Et qui doit s'illustrer sous ce brillant renom.
Je remis en vigueur l'ordre et la discipline :
Mais déjà contre moi l'Espagnol se mutine ;
Il s'indigne de voir que j'ose mettre un frein
Pour sauver l'Indien de son joug inhumain.
Il lui ravit ses biens, l'objet que son cœur aime,

Et, rendant à la fin son désespoir extrême,
La vengeance bannit la pitié de son cœur;
Le sang coule et par-tout se montre la terreur.
Détestant des combats l'atroce barbarie,
Je portai tous mes soins à calmer sa furie.
Des calculs non trompeurs m'assuraient que dans peu
La lune s'éclipsant paraîtrait tout en feu :
J'annonce aux Indiens ce rare phénomène
Qui devint un moyen pour enchaîner leur haine ;
Je le leur présentai comme un signe certain
Que Dieu saurait punir leur projet inhumain.
Ah! cessez, je leur dis, la guerre meurtrière
Où cet astre éclatant va perdre sa lumière;
Le Dieu qui m'a conduit dans vos lointains climats,
Pour punir vos refus va conduire mon bras.
Voyez déjà, voyez sa couleur pâle et sombre
Et le sang qui l'entoure et s'efface dans l'ombre :
L'obscurité s'accrut et redoubla l'effroi ;
Pour le faire cesser tous ont recours à moi.
Je feignis de me rendre à leur vive prière,
A l'instant que Phébé redonnait sa lumière.
Me croyant inspiré, révérant mon savoir,
Tous restent à l'envi soumis à mon pouvoir.
Je rétablis la paix; mais la haine implacable
Rallume les flambeaux de la guerre effroyable.
Les cruels Castillans, transformés en bourreaux,
Des paisibles cités font de vastes tombeaux.
Contre le droit des gens ils veulent rendre esclave
Un peuple doux, humain, sensible autant que brave.

Déjà par la douceur je me l'étais soumis ;
Des égards eussent pu nous rendre ses amis.
Mais cette soif de l'or, qui brûle et qui tourmente ;
Dans le cœur espagnol devenant plus ardente,
Il me fallut céder à la nécessité,
En opposant la force et la sévérité.
Tandis qu'en réprimant leur avarice impie,
J'excitais contre moi les serpens de l'envie,
Mes cruels ennemis, dans leur ressentiment,
Ne m'épargnèrent pas auprès de Ferdinand.
La cour foulant aux pieds toute reconnaissance,
Accueillit des soupçons contre mon innocence.
Un monarque ombrageux, jaloux de son pouvoir ;
D'innombrables tributs ayant conçu l'espoir,
Du travail bien plus sûr dédaignant les promesses,
Ne pouvait s'appaiser qu'à l'aspect des richesses.
C'est de l'or qu'il voulait : par un pénible effort
Je taxai l'Indien dont je plaignais le sort.
Ah ! le ciel qui connaît toute mon innocence
Sait avec quel regret et quelle répugnance
J'imposai ce tribut contre la bonne foi
Dont un ordre absolu me faisait une loi.
Comment de ce bon peuple activer l'industrie,
Quand sous le poid des fers sa main était meurtrie ;
Quand l'Espagnol sans frein et sans discrétion
En redoublait la taxe et la vexation :
Sous son joug oppresseur périssaient les victimes.
L'or n'était plus, hélas ! que le produit des crimes.
Lassés de tant d'horreur, un désespoir affreux

Leur fit exécuter un dessein désastreux :
Pour forcer l'Espagnol à fuir de ces contrées,
La terre par leurs mains ne fut plus préparée ;
Comptant que par la faim, l'un des plus grands fléaux,
Ils se délivreraient des plus horribles maux.
Les méchans m'imputant tous ceux qui s'ensuivirent,
Osèrent m'accuser des fautes qu'ils commirent.
Vainement j'opposais des digues aux torrens ,
Mes soins étaient perdus, mes efforts impuissans.

Méconnaissant cet art que l'intrigue suggère ,
Que pouvais-je de plus ? et qu'aurais-je pu faire
Contre tant d'ennemis ? Leur animosité
L'emporta sur mes soins et sur la vérité.
Ayant trop d'intérêt à me trouver coupable ,
Le roi n'écouta plus que la haine implacable,
Et la reine cédant au flot accusateur,
Me laissa sans appui, sans aucun protecteur.
Des maux que l'on m'a fait c'est le plus grand sans
     doute !
Il n'est rien désormais que mon ame redoute.
Pour obscurcir ma gloire et ternir mon honneur,
La cour osa nommer un autre gouverneur.
L'affreux Bovadilla (a), tout pétri d'arrogance ,
Sûr de me remplacer, flétrit mon innocence.
Sous des prétextes vains je me vis enlever
Le rang où mes talens avaient su m'élever.

_____

(a) Voyez la note 7.

A mes maîtres soumis j'obéis sans murmure ;
Quoique indigné qu'on pût soupçonner ma droiture.
Mon cœur eût supporté leurs superbes dédains ;
Mais l'offense y porta le poison des chagrins :
D'un odieux soupçon l'injurieuse atteinte
Épouvante un grand cœur bien plutôt que la crainte.
Bovadilla reçut avec avidité
Les faux rapports dictés par la malignité ;
Et tournant contre moi jusqu'à ma bienfaisance,
Laissa l'intention pour blâmer l'apparence.
C'est ainsi que l'on vit ce nouveau gouverneur
Être à la fois mon juge et mon accusateur.
Mais le ciel l'a puni de cette perfidie :
Il allait chargé d'or pour revoir sa patrie,
Quand la mer, entr'ouvrant un formidable écueil,
Voulut qu'en son triomphe il trouvât son cercueil.
Trop heureux s'il eût pu soustraire à la mémoire
Tous ses indignes traits que conserve l'histoire.
Que te dirai-je, enfin, je me vis ramené
Sur l'un de mes vaisseaux où j'étais enchaîné.
Mon malheur entraîna celui de mes deux frères,
Victimes comme moi d'odieux adversaires.
Le chef, qui me plaignait, touché de mes revers,
Offrit avec respect de m'arracher mes fers ;
Tant le ciel a voulu que la faible innocence
Jusque dans l'infortune imprimât sa puissance.
Non, lui dis-je emporté par l'indignation,
Je les porte avec gloire et résignation.
Mes maîtres l'ont voulu, que mon sort s'accomplisse ;

Ils attestent du moins leur affreuse injustice:
C'est quand je leur soumets tant de pays divers ;
Au péril de mes jours, que j'en reçois des fers !

Du terrible Océan j'ai sondé les retraites,
Franchi ses noirs écueils, surmonté ses tempêtes;
Jamais aucun mortel, en butte aux coups du sort,
Ne fut aussi souvent menacé par la mort.
J'attendais d'être au port pour en goûter les charmes:
Hélas! je n'ai trouvé que des sujets d'alarmes.
Les furieux Autans, sur les mers en courroux
Ne m'ont jamais atteint de plus sensibles coups.
Tout a fondu sur moi : l'affreuse calomnie
A mêlé son poison à celui de l'envie ;
J'ai vu la perfidie, ame des intrigans,
Présenter en défauts jusques à mes talens ;
Mes rivaux en crédit, trompant ma confiance,
M'enlever sans rougir ma juste récompense ;
Les méchans s'applaudir de ma captivité,
Insultant à mes maux par leur prospérité.
Echoué par l'effet d'un horrible naufrage,
Je restai sans secours sur une ingrate plage :
Des lieux que je conquis je me suis vu bannir ;
Par mes maîtres, enfin, je me suis vu trahir.
Je sais, il est trop vrai, que l'envie hypocrite
S'éleva de tout temps contre le vrai mérite ;
Qu'elle illustre l'objet qu'elle cherche à noircir,
Et qu'elle est à ce prix un bien qu'on doit chérir.
J'eusse pu dédaigner l'affreuse jalousie ;

J'eusse pu mépriser les serpens de l'envie ;
Mais les traits acérés d'un calomniateur
Sont cent fois plus cruels : ils attaquent l'honneur.
Sur son impunité fondant sa hardiesse ,
Il détruit les vertus à force de bassesse ,
Semblable à ces poisons corrosifs , dévorans ,
Dont l'effet est plus sûr par des progrès plus lents.

Jaloux que j'eusse atteint aux bords de l'Ore-
    noque (7) ,
Et pour ne m'en laisser qu'une gloire équivoque,
Mes rivaux ont rompu le cours de mes travaux.
Non ; ils ne peuvent plus ajouter à mes maux !
Tout est fini pour moi, mes rapides années
Sont trop courtes, hélas! et trop infortunées.
Grand Dieu! qu'ai-je donc fait? Quel crime ai-je
    commis
Pour aigrir contre moi ces nombreux ennemis ?
Si je suis malheureux, le destin qui m'opprime
Repoussa de mon cœur jusqu'au soupçon du crime :
Nul remord ne saurait en altérer la paix,
Toutes mes actions ont été des bienfaits.
L'Inde que j'en atteste, assure à ma mémoire
Un souvenir flatteur et propice à ma gloire :
J'y respectai toujours les droits de l'équité,
Et ceux de la justice et de l'humanité.
De l'utile commerce étendant les limites ,
Jusqu'au Monde inconnu je les ai circ  iscrites ;
Tout ce que je promis serait exécuté ,

                           ~ Sans

Sans l'obstacle infernal de la cupidité.
Je voulais que le temps, le travail, l'industrie,
Accrussent les produits sans nulle tyrannie.
L'Espagnol, au contraire, avide de jouir,
A desséché la source au lieu de l'agrandir.
L'or, ce puissant métal, de lui-même stérile,
Fût devenu pour nous d'un secours plus utile.
Je voulais par les arts rendre ce peuple heureux;
Que la religion le maintînt vertueux.
Pour l'Espagne et pour l'Inde, ô quelles destinées!
Si des motifs si purs les eussent dominées;
Si l'or eût cimenté le culte bienfaisant :
Pour l'Espagne quels biens, pour l'Inde quel présent!
Enfin, j'ai parcouru, sans crainte du naufrage,
Des mers où nul mortel ne porta son courage.
Et ce qu'on n'eût trouvé que par des progrès lents,
S'est offert non sans peine à mes travaux constans,
L'Océan, qui par-tout environne la terre,
Sans moi serait encor l'invincible barrière
Qui nous déroberait ces peuples inconnus,
Echangeant leurs produits pour nos biens superflus:
Depuis Saint-Salvador à l'île Jamaïque,
Jusqu'au grand continent qui borde l'Atlantique,
J'ai découvert la route et les pays divers.
De cet événement qu'admire l'univers,
Mon nom devait au moins rappeler la mémoire;
Améric plus heureux en a toute la gloire (a) :

_____

(a) Voyez la note 7.

C'est ainsi qu'au mépris de toute loyauté ;
De mes contemporains j'éprouve l'équité !
Le sort qui me poursuit, à mes rivaux propice,
Me réservait encor cette grande injustice.
Ah ! sans doute il fallait oublier l'inventeur,
De crainte que son nom rappelât son malheur.

Hélas ! que n'ai-je pu mourir au sein de l'onde !
A ces hommes pervers cacher le nouveau Monde.
Bien loin d'en devenir les puissans protecteurs,
De l'Inde ils ne sont plus que les dévastateurs.
O ciel ! tandis qu'errans nous allions d'île en île,
Le sensible Indien nous offrit un asile :
Ses hôtes, sans pudeur, avides de trésors,
Pour l'en récompenser vont désoler ses bords.
Ils lui prêchent en vain un culte charitable
Que trahit la fureur de leur haine implacable ;
Ils lui parlent d'un Dieu de clémence et de paix
Qu'ils lui font détester par d'horribles forfaits,
Et ne sont à ses yeux qu'une race homicide
Qui le tient asservi sous un pouvoir perfide ;
Non qu'on doive imputer à cette nation
Ces horribles excès nés de l'ambition ;
On sait que de tout temps, guerrière et magnanime,
L'Espagne détesta les artisans du crime ;
Mais à ceux que les lois avaient déjà flétris
Pour d'odieux excès ou d'infamans délits (a).

---

(a) Voyez à ce sujet dans l'avant-propos, pag. ix.

Ah ! combien l'avenir me trouble et m'inquiète !
Le crime et le malheur cimentent ma conquête !
Ils ne sont plus ces jours de gloire et de bonheur !
Ils sont évanouis comme un songe trompeur ;
Et pour mettre le comble à ma douleur mortelle,
La mort vient d'enlever la sensible Isabelle.
Plus d'espoir : désormais ces hommes trop cruels
Suivront impunément leurs projets criminels.
L'Inde sera par eux trop long-temps opprimée ;
Par le fer meurtrier en désert transformée ;
Succombant sous le poids des tributs oppresseurs,
Elle ne donnera que d'inutiles pleurs.
Je vois dans l'avenir le sort qu'on lui prépare ;
Je vois les attentats des Cortez, des Pizarre ;
Du fertile Haïti les peuples bienfaisans,
Périr par milliers dans des brasiers ardens ;
Je vois de toutes parts les nations rivales
S'arroger par le fer des conquêtes fatales ;
Je vois fondre en tyrans des hommes sans vertus,
Exterminant pour l'or ces peuples abattus :
Ceux que la mort respecte, ô comble de l'outrage !
Ont le corps tout meurtri des fers de l'esclavage ;
Des dogues carnassiers, exercés aux combats,
En déchirant leur sein leur donnent le trépas !

Mais pourquoi retracer à ton ame affligée
Le pénible récit de ma gloire outragée ?
A quoi sert maintenant que mon zèle assidu
Au Monde trop ingrat donne un Monde inconnu.

Que me sert d'avoir pu, sur des plages lointaines (8),
Braver tant de dangers, essuyer tant de peines ?
Ah ! que dis-je, la gloire est-elle donc sans prix !
Je dois m'enorgueillir des biens que j'ai produits,
Et me féliciter de voir ma découverte
Utile au Monde entier quoique entraînant ma perte.
Telle une tendre mère, en essuyant ses pleurs,
Sourit au nouveau né qui cause ses douleurs.

Pour prix de tant de soins, de peines, de souf-
  france (9),
Je suis chargé de fers : telle est ma récompense.
Cessons, il en est temps, des regrets superflus ;
A l'affreuse injustice opposons mes vertus ;
De la postérité méritons le suffrage ;
Elle venge toujours d'un odieux outrage.
Fier de mon innocence et de mes grands succès,
Dans ma triste prison je goûte au moins la paix.
De la religion j'implore l'assistance ;
Elle adoucit mes maux, ranime ma constance,
Et me fait entrevoir dans un autre avenir
Un éclat plus brillant que rien ne peut ternir.
Eh ! qu'attendre d'un monde où l'intérêt domine,
Où l'intrigue fait tout par le gain qui l'anime,
Où l'ignorance altière, insultant au savoir,
Le combat par l'orgueil et le perd sans espoir !
Je verrai sans effroi se terminer ma vie ;
Elle pourra du moins satisfaire l'envie.
Peut-être sur ma tombe, asile du repos,

Le nautonnier viendra s'affliger sur mes maux.

Monument éternel des peines que j'endure ,
Mes chaînes me suivront jusqu'en ma sépulture.
Oui , j'ose l'espérer , oui , la postérité
Vengera tant d'affronts et cette iniquité.
Un Monde découvert sera toujours mon titre ;
Et ce Monde après Dieu doit être mon arbitre.
C'est à toi , mon cher fils , à réclamer les lois (10);
C'est toi que je commets pour récouvrer mes droits :
D'un roi qui fut trompé dévoile l'injustice ;
Revendique le prix de mon noble service ;
Et vengeant ma mémoire aux yeux de l'univers,
Apprends-lui mes bienfaits et montre-lui mes fers.

# NOTES HISTORIQUES.

(1), *pag. ix.*

Rappelle-toi ce temps où l'Europe étonnée
Voyait des Portugais l'heureuse destinée ;
Ce temps où je conçus le projet étonnant
De joindre à notre Monde un nouveau continent.

On ne connaît point exactement le lieu ni le temps de la
naissance de Christophe Colomb, cependant les historiens s'ac-
cordent à lui donner Gênes pour patrie, et à penser qu'il naquît
en 1447. On sait qu'il était d'une famille honnête, que des
malheurs avaient réduite à l'indigence. Sa première profession
fut celle de marin. Il apprit avec succès la langue latine, la
géométrie, la cosmographie, l'astronomie et le dessin, ce qui
lui fit faire des progrès rapides dans la science de la navigation,
qu'il ambitionnait le plus. Il avait environ vingt ans lorsqu'il
s'attacha au service des Portugais. S'étant fixé à Lisbonne, il
se maria avec la fille de Barthélemi de Perestrello, un des
capitaines employés par le prince Henri, et qui avait découvert
et planté les îles de Porto-Santo et de Madère. Les cartes et
les journaux de ce navigateur étendirent ses connaissances dans
la navigation, et l'étude qu'il en fit redoubla le désir qu'il avait
de voyager. Il fit plusieurs voyages dans toutes les parties
du globe, ce qui le rendit lui-même un des meilleurs navigateurs. Son émulation s'augmentant des heureux succès des Portugais, relativement aux établissemens qu'ils avaient fait en
Guinée et dans le continent de l'Afrique, et se livrant à des
méditations profondes, il s'imagina de trouver par mer un passage aux Indes orientales, objet qui occupait tous les navigateurs.

Après avoir comparé les observations des pilotes modernes avec les indications et les conjectures que fournissent les anciens auteurs, il se persuada qu'en naviguant directement à l'Ouest, au travers de la mer Atlantique, il trouverait des pays nouveaux qu'il croyait faire partie du vaste continent de l'Inde.

(2), *pag.* 12.

Tout fidèle sujet se doit à sa patrie :
Être utile à la mienne était ma noble envie.

Gênes, à qui Colomb voulut d'abord faire hommage du fruit de ses travaux, rejeta inconsidérément ses offres. Le Portugal, l'Angleterre, la France, l'Espagne même à qui il fit successivement proposer l'exécution de son dessein, ne le regardèrent que comme un aventurier étalant un projet chimérique. Après bien de traverses et de dégoûts, il parvint enfin à persuader Isabelle, reine de Castille, de la solidité de ses principes; mais Ferdinand, son mari, naturellement défiant, regarda son projet comme extravagant. Après avoir essuyé d'autres refus non moins mortifians, Colomb eut le bonheur de convaincre entièrement la reine Isabelle de la probabilité du succès. Elle approuva son projet et les conditions qu'il avait mises lui-même à son traité, offrant généreusement d'engager ses diamans pour se procurer l'argent nécessaire aux préparatifs de l'expédition.

(3), *pag.* 15.

Enfin, Palos nous vit démarer nos vaisseaux.

C'est de Palos, petit port situé à l'extrémité de l'Andalousie, que Christophe Colomb mit à la voile, le 3 août 1492, n'ayant que trois petits navires et 90 hommes, avec lesquels il aborda aux îles Canaries, d'où il partit le 6 septembre suivant, abandonnant les routes suivies pour se jeter dans un Océan inconnu. Dans le mois d'octobre, il aborda à une des îles Lucayes, qu'il nomma *Saint-Salvador*, et s'avançant vers le sud, il découvrit plusieurs îles. Ce fut dans le mois de décembre qu'il entra dans Haïti qu'il nomma l'*Ile espagnole*, qu'on appelle aujourd'hui *Saint-Domingue*. Elle a deux cents lieues de long sur environ soixante et dix de large, et elle est traversée au milieu par une chaîne de montagnes. *Raynal* rapporte que les habitans étaient humains, affables, sans malice et sans esprit de vengeance; qu'ils prenaient plusieurs femmes, mais que celle qu'ils aimaient le plus était préférée sans exercer d'autorité sur les autres. Souvent ne pouvant survivre à l'objet qu'elle chérissait, elle se faisait enterrer avec lui.

Des bonnets rouges, de grains de verre, des épingles, des sonnettes furent donnés à ces insulaires contre de l'or et des vivres.

## (4), *pag*. 21.

Cependant le désir de me rendre à la cour
Me fit tout préparer pour un prochain retour.

Après avoir reconnu l'île et y avoir construit un fort, qu'il nomma *la Nativité*, dans lequel il laissa 39 hommes, Colomb se rembarqua pour aller rendre compte de sa découverte à la cour, emmenant des insulaires, des lingots et tout ce qu'il trouva de plus précieux.

## (5), *pag*. 23.

Depuis notre départ, le soleil loin de l'Ourse
Avait deux cent vingt fois recommencé sa course,
Quand au port de Palos on nous vit revenir.

Colomb rentra à Palos le 15 mars 1493, sept mois onze jours depuis son départ. Jamais triomphe n'égala le sien : « On sonna » toutes les cloches, on tira le canon; en débarquant, il fut

» reçu avec les mêmes honneurs qu'on aurait rendus au roi. Tout
» le peuple en procession solennelle l'accompagna lui et sa
» troupe jusqu'à l'église où ils allèrent remercier Dieu d'avoir
» couronné d'un si heureux succès le voyage le plus long et
» le plus important qui eût jamais été entrepris ».

( *Hist. de l'Amér.*, par *Robertson*; t. 1, p. 165. )

Depuis Palos jusqu'à Barcelonne où était la cour, la foule
immense qui l'escortait s'augmentait de plus en plus par tous
les habitans qui couraient pour joindre leurs chants d'admiration au bruit des acclamations. Ferdinand et Isabelle le firent
asseoir et couvrir devant eux comme un Grand d'Espagne.

## (6), *pag.* 25.

Cependant à la cour l'on pressait avec zèle
Tous les préparatifs d'une flotte nouvelle.

Christophe Colomb fit trois autres voyages. Il mit à la voile
de la baie de Cadix pour le second, le 25 septembre 1493,
et découvrit la Desirado, la Dominique, Marie-Galante, la
Guadeloupe, Antigoa, St-Jean-de-Porte-Rico qu'habitaient les
peuples Caraïbes. Son troisième voyage eut lieu le 30 mai 1498.

## (7), *pag.* 32.

Jaloux que j'eusse atteint aux bords de l'Orenoque.

Ce fut le 1.er août 1498 et pendant son troisième voyage, que
Christophe Colomb découvrit l'île de la Trinité, située sur la côte
de la Guiane, près l'embouchure de l'Orenoque. Après avoir échappé
au danger de la rapidité du courant de ce fleuve, il conjectura
avec justesse qu'une si grande rivière qui surpasse en grandeur
toutes celles de notre hémisphère, ne pouvait pas être fournie
par une île, et qu'elle devait couler au travers d'un grand continent qu'il trouva en naviguant à l'ouest, le long de la côte des

provinces de Paria et de Cumana. Ce fut alors qu'il découvrit
réellement le continent de l'Amérique, et ce ne fut qu'une année
après, en 1499, qu'Americ Vespuce, gentilhomme Florentin,
qui avait suivi Ojeda, un des compagnons de Colomb, dans son
second voyage, arriva sur la côte de Paria en suivant servi-
lement la route que Colomb avait tenue. A son retour il com-
muniqua la relation de son voyage, et eut l'impudeur de s'y
montrer comme ayant découvert le premier le continent du
nouveau Monde. On s'accoutuma à appeler ce pays du nom de
celui qu'on supposait l'avoir découvert. La prétention hardie
d'un heureux imposteur, dit *Robertson*, a dérobé à l'auteur de
cette grande découverte la gloire qui lui appartenait. Le nom
d'Americ a supplanté celui de Colomb, et le genre humain doit
regretter que cette injustice ait reçu la sanction du temps et ne
puisse plus être réparée. Elle fut, ajoute *Raynal*, le présage fatal
de toutes celles dont ce malheureux pays devait être le théâtre.

Les ennemis de Christophe Colomb étant parvenus, par leurs
calomnies, à le perdre dans l'esprit de Ferdinand et d'Isabelle,
la cour nomma un autre gouverneur à Hispaniola. Bovadilla,
reconnu pour être le plus injuste, le plus avide et le plus féroce
de ceux qui étaient passés en Amérique, fut celui que la cour
lui substitua. Il fut, en 1500, à St-Domingue, le dépouiller de
ses biens, de son honneur, de son autorité, et pour combler
la mesure de l'ingratitude et de l'iniquité, il le renvoya en Espagne chargé de fers.

L'auteur de l'histoire des deux Indes, qui s'abandonne trop
souvent à des déclamations outrées, mais, qui, dans cette occasion, n'a fait que rendre ce que l'on sent généralement, s'ex-
prime ainsi ( *t*. 3 , *p*. 517 ) : « L'indignation publique avertit
» les souverains que l'Univers attend sans délai la punition d'un
» forfait si audacieux, la réparation d'un si grand outrage.
» Pour concilier les bienséances avec leurs préjugés, Ferdinand
» et Isabelle rappelèrent l'agent qui avait si cruellement abusé
» du pouvoir qui lui avait été commis ; mais ils ne rendirent pas

» à son poste la déplorable victime de son incompréhensible
» scélératesse ».

O magnanime dévouement! C'est peu après cela et le 9 mai
1502, qu'accompagné de son frère Barthélemi et de Ferdinand,
son second fils, Christophe Colomb partit de Cadix pour entreprendre son quatrième voyage.

Il est beau de le voir, luttant contre l'adversité du sort et
l'injustice des hommes qui cherchaient à lui ravir le fruit de ses
travaux, méditer encore de plus grandes découvertes. Inspiré
par son génie, il pensait qu'au-delà du nouveau continent devait
exister un autre Océan, aboutissant aux Indes orientales par la
mer du Sud. A peine se vit-il dégagé des fers dont l'ingratitude
la plus atroce l'avait chargé, qu'il entreprit ce quatrième voyage
qui lui fit reconnaître toutes les côtes du Darien à travers les
plus grands périls et des fatigues inouïes. Il était réservé à Magellan de trouver ce que Christophe Colomb avait entrepris de
découvrir. Ce célèbre Portugais n'eut pas un sort plus heureux
que Colomb. Après avoir été aux Iles-Philippines il y mourut
empoisonné.

Ce fut en traversant du Darien à l'isthme de Panama que
Vasco Nunez de Balboa aperçut du haut d'une montagne la mer
du Sud. Nos vaisseaux, en faisant le tour du Monde, entrent
dans cette mer par le détroit auquel Magellan, qui eut la gloire
de le découvrir en 1520, donna son nom, et reviennent en Espagne par le cap de Bonne-Espérance, que Vasco de Gama
découvrit en 1497.

## (8), *pag.* 36.

Que me sert d'avoir pu sur des plages lointaines
Braver tant de dangers, essuyer tant de peines.

Pendant qu'il effectuait son quatrième voyage, Christophe
Colomb fut forcé, par le mauvais état où se trouvait son plus grand

bâtiment, de toucher à St-Domingue dans l'espoir de pouvoir le changer. Il demanda la permission au gouverneur d'entrer dans le Hâvre pour y négocier cet échange et pour se mettre en sûreté contre un ouragan violent dont il prévoyait les approches par divers pronostics, et lui conseilla de retarder de quelques jours le départ de la flotte qu'il destinait pour l'Espagne. Ovendo, qui avait remplacé Bovadilla, se refusa à sa demande et méprisa son conseil. « Dans une circonstance où la seule humanité aurait
» offert un asile à un étranger, on refusa à Colomb l'abord d'un
» pays dont on lui devait la possession. La flotte mit à la voile,
» Colomb se précautionna contre le danger qu'il pressentait.
» La nuit suivante, l'ouragan se déclara avec une violence ter-
» rible. Bovadilla, Ruldan et la plus grande partie des ennemis
» de Colomb et des oppresseurs des Indiens périrent, et toutes
» les richesses qu'ils emportaient, acquises par tant d'injustices
» et des cruautés, furent englouties dans les flots. Le vaisseau
» qui portait les effets que Colomb avait sauvés des ruines de sa
» fortune échappa. Ainsi, la Providence vengea ce grand homme
» injustement persécuté ».

( *Hist. de l'Amér.* ; t. 1, p. 248. )

Lorsqu'il fut à la vue de la côte de Cuba, une violente tempête l'assaillit ; après avoir perdu deux vaisseaux, ceux qui lui restaient, furent si endommagés qu'il put à peine gagner la Jamaïque où il s'échoua, pour ne pas couler à fond. Les habitans lui ayant prêté deux canots et donné l'hospitalité, il envoya deux gentilshommes qui lui étaient attachés, à Hispaniola demander au gouverneur du secours qu'il refusa inhumainement, défendant même à Colomb de mettre le pied dans l'île qui était sous son commandement. Les matelots, ayant attendu plus de huit mois et ne voyant rien venir, se mutinèrent contre Colomb qui eut beaucoup de peine à les contenir et à les disposer à attendre les vaisseaux qu'il avait demandés pour retourner à Hispaniola. Ils partirent enfin ; à peine furent-ils arrivés, qu'impatient de se séparer d'un homme qui l'avait traité avec tant d'injustice et d'inhumanité, Colomb mit à la voile pour l'Espagne, où il n'arriva qu'après avoir essuyé une tempête non moins violente. Isabelle étant morte, il présenta requête sur requête pour obtenir la punition de ses oppresseurs et la restitution de tous les priviléges qui lui étaient promis par le traité de 1492 ; mais ce fut vainement. Ferdinand éluda ses demandes. La santé affaiblie de Colomb le flattait de l'espérance qu'il en serait bientôt délivré.

(9), pag. 36.

Pour prix de tant de soins, de peines, de souffrance,
Je suis chargé de fers : telle est ma récompense.

Christophe Colomb , après avoir exécuté l'entreprise la plus étonnante qui a ouvert tant de sources de prospérité ; après avoir fait quatre voyages en s'exposant aux périls les plus imminens ; naviguant au milieu des écueils, dans des parages inconnus ; bravant l'intempérie des climats , la chaleur brûlante qui règne sous la ligne , et qui faisait appréhender à ses compagnons que les vaisseaux ne s'embrasassent ; souffrant la soif , la faim et tous les fléaux qui suivent les voyages de long cours , et après en avoir reçu pour prix le plus indigne traitement, tant de ses compagnons qu'il menait à la gloire , que de ses maîtres à qui il avait donné tant de vastes et riches possessions , mourut accablé d'infirmités à Valladolid , en 1506, âgé de 59 ans , et fut inhumé dans l'église des Chartreux de Séville.

(10) , pag. 37.

C'est à toi, mon cher fils , à réclamer les lois ;
C'est toi que je commets pour recouvrer mes droits.

La postérité verra avec surprise que le roi Ferdinand n'ait pas craint de se montrer injuste et ingrat en se refusant constamment de faire droit à Dom Diégo , fils aîné de Colomb, qui ne cessait de réclamer les charges de vice-roi et d'amiral, qu'un traité solennel assurait à son père et à ses descendans ; mais elle n'admirera pas moins le courage de ce fils qui, après avoir consumé plusieurs années en démarches inutiles, se décide enfin à intenter une action contre ce monarque intéressé, devant le conseil chargé de l'administration des affaires de l'Inde, qui, avec une intégrité digne des plus grands éloges, rendit un jugement contre le roi, en confirmant les droits de Dom Diégo Colomb à la vice-royauté et autres priviléges stipulés dans la capitulation passée entre ce souverain et son père. Le haut rang où le plaçait cette sentence, permit à Dom Diégo d'épouser Donna Maria, fille de Dom Ferdinand de Tolède, grand commandeur de Léon, et frère du duc d'Albe, Grand du royaume et allié de près au roi. Secondé de la protection de sa nouvelle famille, Dom Diégo força Ferdinand à le nommer en remplacement d'Ovendo, gouverneur d'Hispaniola, où il se rendit en 1509, avec sa femme, ses frères et ses oncles. La magnificence et les honneurs avec lesquels ils y vécurent, rendirent le lustre à la famille de Christophe Colomb et l'hommage dû à sa mémoire. La colonie en reçut un éclat qu'elle n'avait point eu jusqu'alors.

Isabelle Colomb, fille à Dom Diégo, se maria avec Dom George de Portugal, en 1527.

Ainsi la famille de Christophe Colomb a mêlé son sang à celui des ducs de Bragance, qui ont siégé sur le trône de Portugal.

FIN.

*Permis d'imprimer.*
*Le Préfet du département du Gard,*
Le BARON ROLLAND.